此篇論人主之術大都重無為二字後雖蔓衍千餘言要不出此根株蓋皆原於老氏道德之意

淮南鴻烈解卷九

主術訓

人主之術處無爲之事而行不言之教清靜而不動一度而不搖因循而任下責成而不勞是故心知規而師傅諭導口能言而行人稱辭足能行而相者先導耳能聽而執正進諫是故慮無失策謀無過事言爲文章行爲儀表於天下進退應時動靜循理不爲醜美好憎不爲賞罰喜怒名各自名類各自類事猶自然莫出於已故古之王者冕而前旒所以蔽明也

黈纊塞耳所以掩聰天子外屏所以自障故所理者遠則所在者邇所治者大則所守者少夫目妄視則淫耳妄聽則惑口妄言則亂夫三關者不可不慎守也若欲規之乃是離之若欲飾之乃是賊之天氣爲魂地氣爲魄反之玄房各處其宅守而勿失上通太一太一之精通於天道天道玄默無容無則大不可極深不可測尚與人化知不能得昔者神農之治天下也神不馳於胷中智不出於四域懷其仁誠之心甘雨時降五穀蕃植春生夏長秋收冬藏月省時考

此段只重守而勿失二句老氏所謂載營魄抱一能無離者下神農之治正是守而勿失故能致治若斯

其盛

末世之治只是矯拂其本而事脩其末與神農反老氏曰法令滋章盜賊多有

信哉是言也

應前矯拂其本而事脩其末下正言聖人所脩者本

歲終獻功以時嘗穀祀於明堂明堂之制有蓋而無四方風雨不能襲寒暑不能傷遷延而入之養民以公其民樸重端慤不忿爭而財足不勞形而功成因天地之資而與之和同是故威厲而不殺刑錯而不用法省而不煩故其化如神其地南至交阯北至幽都東至暘谷西至三危莫不聽從當此之時法寬刑緩囹圄空虛而天下一俗莫懷姦心末世之政則不然上好取而無量下貪狠而無讓民貧苦而忿爭事力勞而無功智詐萌興盜賊滋彰上下相怨號令不行執政有司不務反道矯拂其本而事脩其末削薄其德曾累其刑而欲以爲治無以異於執彈而來鳥捭梲而狎犬也亂乃逾甚夫水濁則魚噞政苛則民亂故夫養虎豹犀象者爲之圈檻供其嗜欲適其饑飽違其怒恚然而不能終其天年者刑有所劫也是以上多故則下多詐上多事則下多態上煩擾則下不定上多求則下交爭不直之於本而事之於末譬猶揚堁而弭塵抱薪以救火也故聖人事省而易治求寡而易贍不施而仁不言而信不求而得不爲而

本即下所云神化

張賓王曰精論

成塊然保眞抱德推誠天下從之如響之應聲景之像形其所修者本也刑罰不足以移風殺戮不足以禁姦唯神化爲貴至精爲神夫疾呼不過聞百步志之所在踰於千里冬日之陽夏日之陰萬物歸之而莫使之然故至精之像弗招而自來不麾而自往窈窈冥冥不知爲之者誰而功自成智者弗能誦辯者弗能形昔孫叔敖恬卧而郢人無所害其鋒市南宜遼弄丸而兩家之難無所關其辭鞅鞈鐵鎧瞋目扼掔其於以御兵刃縣矣券契束帛刑罰斧鉞其於以

伯玉皐陶師曠有神化鼓舞其間而遊於法令聞見之外者

解難薄矣待目而照見待言而使令其於爲治難矣蘧伯玉爲相子貢往觀之曰何以治國曰以弗治治之簡子欲伐衞使史黯往覿焉還報曰蘧伯玉爲相未可以加兵固塞險阻何足以致之故皐陶瘖而爲大理天下無虐刑有貴於言者也師曠瞽而爲太宰晉無亂政有貴於見者也故不言之令不視之見此伏羲神農之所以爲師也故民之化也不從其所言而從所行故齊莊公好勇不使鬬爭而國家多難其漸至於崔杼之亂頃襄好色不使風議而民多昏亂

以下正言感之不可不慎

其積至昭奇之難故至精之所動若春氣之生秋氣之殺也雖馳傳騖置不若此其亟故君人者其猶射者乎於此毫末於彼尋常矣故慎所以感之也夫榮啟期一彈而孔子三日樂感於和鄒忌一徽而威王終夕悲感於憂動諸琴瑟形諸音聲而能使人爲之哀樂縣法設賞而不能移風易俗者其誠心弗施也甯戚商歌車下桓公喟然而寤夫至精入人深矣故曰樂聽其音則知其俗見其俗則知其化孔子學鼓琴於師襄而諭文王之志見微以知明矣延陵季子

重根起神化二字即所謂誠也

聽魯樂而知殷夏之風論近以識遠也作之上古施及千歲而文不滅況於並世化民乎湯之時七年旱以身禱於桑林之際而四海之雲湊千里之雨至抱質效誠感動天地神諭方外令行禁止豈足爲哉古聖王至精形於內而好憎忘於外出言以副情發號以明旨陳之以禮樂風之以歌謠業貫萬世而不壅横扃四方而不窮禽獸昆蟲與之陶化又況於執法施令乎故太上神化其次使不得爲非其次賞賢而罰暴衡之於左右無私輕重故可以爲平繩之於內

張賓王曰精奇

規矩權衡之設總以無爲爲之此見無爲者道之宗伏下智勇不足治天下案

外無私曲直故可以爲正人主之於用法無私好憎故可以爲命夫權輕重不差蟁首扶撥枉橈不失鍼鋒直施矯邪不私辟險姦不能枉讒不能亂德無所立怨無所藏是任術而釋人心者也故爲治者不與焉夫舟浮於水車轉於陸此勢之自然也木擊折槥水戾破舟不怨木石而罪巧拙者知故不載焉是故道有智則惑德有心則險心有目則眩兵莫憯於志而莫邪爲下寇莫大於陰陽而枹鼓爲小今夫權衡規矩一定而不易不爲秦楚變節不爲胡越改容常

一而不邪方行而不流一日刑之萬世傳之而以無爲爲之故國有亡主而世無廢道人有困窮而理無不通由此觀之無爲者道之宗故得道之宗應物無窮任人之才難以至治湯武聖主也而不能與越人乘幹舟而浮於江湖伊尹賢相也而不能與胡人騎騵馬而服騊駼孔墨博通而不能與山居者入榛薄險阻也由此觀之則人知之於物也淺矣而欲以徧照海內存萬方不因道之數而專己之能則其窮不達矣故智不足以治天下也桀之力制觡伸鉤索鐵

人才不足任應前任人之才難以致治句

鍛金椎移大犧水殺黿鼉陸捕熊羆然湯革車三百乘困之鳴條擒之焦門由此觀之勇力不足以持天下矣智不足以爲治勇不足以爲強則人材不足任明也而君人者不下廟堂之上而知四海之外者因物以識物因人以知人也故積力之所舉則無不勝也衆智之所爲則無不成也埳井之無黿鼉隘也園中之無脩木小也夫舉重鼎者力少而不能勝也及至其移徙之不待其多力者故千人之羣無絕梁萬人之聚無廢功夫華騮綠耳一日而至千里然其使

之搏兔不如豺狼伎能殊也鴟夜撮蚤蚊察分秋毫晝日顛越不能見丘山形性詭也夫螣蛇游霧而動應龍乘雲而舉猨得木而捷魚得水而騖故古之爲車也漆者不畫鑿者不斲工無二伎士不兼官各守其職不得相姦人得其宜物得其安是以器械不苦而職事不嫚夫責少者易償職寡者易守任輕者易權上操約省之分下效易爲之功是以君臣彌久而不相猒君人之道其猶零星之尸也儼然玄默而吉祥受福是故得道者不爲醜飾不爲僞善一人被之

若重爲暴若字乃助字也下正言惠與暴所當並重

而不褒萬人蒙之而不褊是故重爲惠若重爲暴則治道通矣爲惠者曰布施也無功而厚賞無勞而高爵則守職者懈於官而游居者亟於進矣爲暴者妄誅也無罪者而死亡行直而被刑則脩身者不勸善而爲邪者輕犯上矣故爲惠者生姦而爲暴者生亂姦亂之俗亡國之風是故明主之治國有誅者而主無怒焉朝有賞者而君無與焉誅者不怨君罪之所當也賞者不德上功之所致也民知誅賞之來皆在於身也故務功脩業不受贛於君是故朝廷蕪而無

張賓王曰精言

迹田野辟而無草故太上下知有之今夫橋直植立而不動俛仰取制焉人主靜權而不躁百官得脩焉譬如軍之持麾者妄指則亂矣慧不足以大寧智不足以安危與其譽堯而毀桀也不如掩聰明而反脩其道也清靜無爲則天與之時廉儉守節則地生之財處愚稱德則聖人爲之謀是故下者萬物歸之虛者天下遺之夫人主之聽治也清明而不闇虛心而弱志是故羣臣輻湊並進無愚智賢不肖莫不盡其能於是乃始陳其禮建以爲基是乘衆勢以爲車御

灌輸斟酌即群臣輻湊並進之謂故能不出戶知天下不窺牖知天道

自此至天下不足有即前說意特複言之耳

衆智以爲馬。雖幽野險塗。則無由惑矣。人主深居隱處以避燥溼。閨門重襲以避姦賊。內不知閭里之情。外不知山澤之形。帷幕之外。目不能見十里之前。耳不能聞百步之外。天下之物無不通者。其灌輸之者大。而斟酌之者衆也。是故不出戶而知天下。不窺牖而知天道。乘衆人之智。則天下之不足有也。專用其心。則獨身不能保也。是故人主覆之以德。不行其智。而因萬人之所利。夫舉踵天下而得所利。故百姓載之上弗重也。錯之前弗害也。舉之而弗高也。推之而

弗猒。主道員者。運轉而無端。化育如神。虛無因循。常後而不先也。臣道員者。運轉而無方。論是而處當。爲事先倡。守職分明。以立成功也。是故君臣異道則治。同道則亂。各得其宜。處其當。則上下有以相使也。夫人主之聽治也。虛心而弱志。清明而不闇。是故羣臣輻湊並進。無愚智賢不肖。莫不盡其能者。則君得所以制臣。臣得所以事君。治國之道明矣。文王智而好問。故聖。武王勇而好問。故勝。夫乘衆人之智。則無不任也。用衆人之力。則無不勝也。千鈞之重。烏獲不能

禹決江疏河至此總言自然之性不可詭而聖人必因才爲用下則論用才之不可不慎

舉也衆人相一則百人有餘力矣是故任一人之力者則烏獲不足恃乘衆人之制者則天下不足有也禹決江疏河以爲天下興利而不能使水西流稷辟土墾草以爲百姓力農然不能使禾冬生豈其人事不至哉其勢不可也夫推而不可爲之勢而不脩道理之數雖神聖人不能以成其功而況當世之主乎夫載重而馬羸雖造父不能以致遠車輕馬良雖中工可使追速是故聖人舉事也豈能拂道理之數詭自然之性以曲爲直以屈爲伸哉未嘗不因其資而

用之也是以積力之所舉無不勝也而衆智之所爲無不成也聾者可令嗺筋而不可使有聞也瘖者可使守圉而不可使言也形有所不周而能有所不容也是故有一形者處一位有一能者服一事力勝其任則舉之者不重也能稱其事則爲之者不難也毋小大脩短各得其宜則天下一齊無以相過也聖人兼而用之故無棄才人主貴正而尚忠忠正在上位執正營事則讒佞姦邪無由進矣譬猶方員之不相蓋而曲直之不相入夫鳥獸之不可同羣者其類異

處人以譽尊則樊美黃瓊者是遊者以辯顯則談天

也虎鹿之不同遊者力不敵也是故聖人得志而在上位讒佞姦邪而欲犯主者譬猶雀之見鸇而鼠之遇狸也亦必無餘命矣是故人主之一舉也不可不愼也所任者得其人則國家治上下和羣臣親百姓附所任非其人則國家危上下乖羣臣怨百姓亂故一舉而不當終身傷得失之道權要在主是故繩正於上木直於下非有事焉所緣以脩者然也故人主誠正則直士任事而姦人伏匿矣人主不正則邪人得志忠者隱蔽矣夫人之所以莫抓玉石而抓瓜瓠

者何也無得於玉石弗犯也使人主執正持平如從繩準高下則羣臣以邪來者猶以卵投石以火投水故靈王好細腰而民有殺食自饑也越王好勇而民皆處危爭死由此觀之權勢之柄其以移風易俗矣堯爲匹夫不能仁化一里桀在上位令行禁止由此觀之賢不足以爲治而勢可以易俗明矣書曰一人有慶萬民賴之此之謂也天下多眩於名聲而寡察其實是故處人以譽尊而游者以辯顯察其所尊顯無他故焉人主不明分數利害之地而賢衆口之辯

衍雕龍奭者是

治國亂國二段只是名實二字著工夫不同而其國之理亂自判

也治國則不然言事者必究於法而爲行者必治於官上操其名以責其實臣守其業以效其功言不得過其實行不得踰其法羣臣輻湊莫敢專君事不在法律中而可以便國佐治必參五行之陰考以觀其歸並用周聽以察其化不偏一曲不黨一事是以中立而徧運照海內羣臣公正莫敢爲邪百官述職務致其公迹也主精明於上官勸力於下姦邪滅迹庶功日進是以勇者盡於軍亂國則不然有衆咸譽者無功而賞守職者無罪而誅主上闇而不明羣臣黨

而不忠說談者游於辯脩行者競於往主上出令則非之以與法令所禁則犯之以邪爲智者務於巧詐爲勇者務於鬬爭大臣專權下吏持勢朋黨周比以弄其上國雖若存古之人曰亡矣且夫不治官職而被甲兵不隨南畝而有賢聖之聲者非所以都於國也騏驥騄駬天下之疾馬也驅之不前引之不止雖愚者不加體焉今治亂之機轍迹可見也而世主莫之能察此治道之所以塞權勢者人主之車輿爵祿者人臣之轡銜也是故人主處權勢之要而持爵祿

豫讓報主周民死節皆恩澤使然權勢爵祿能籠絡一世如此

之柄審緩急之度而適取予之節是以天下盡力而不倦夫臣主之相與也非有父子之厚骨肉之親也而竭力殊死不辭其軀者何也勢有使之然也昔者豫讓中行文子之臣智伯伐中行氏并吞其地豫讓背其主而臣智伯智伯與趙襄子戰於晉陽之下身死爲戮國分爲三豫讓欲報趙襄子漆身爲厲吞炭變音擿齒易貌夫以一人之心而事兩主或背而去或欲身徇之豈其趨捨厚薄之勢異哉人之恩澤使之然也紂兼天下朝諸侯人迹所及舟檝所通莫不

賓服然而武王甲卒三千人擒之於牧野豈周民死節而殷民背叛哉其主之德義厚而號令行也夫疾風而波興木茂而鳥集相生之氣也是故臣不得其所欲於君者君亦不能得其所求於臣也君臣之施者相報之勢也是故臣盡力死節以與君君計功垂爵以與臣是故君不能賞無功之臣臣亦不能死無德之君君德不下流於民而欲用之如鞭蹏馬矣是猶不待雨而求熟稼必不可之數也君人之道處靜以脩身儉約以率下靜則下不擾矣儉則民不怨矣

此不處靜以脩身者

此不儉約以率下者

處靜節儉惟堯得之衰世則否

下擾則政亂民怨則德薄政亂則賢者不爲謀德薄則勇者不爲死是故人主好鷙鳥猛獸珍怪奇物狡躁康荒不愛民力馳騁田獵出入不時如此則百官務亂事勤財匱萬民愁苦生業不脩矣人主好高臺深池雕琢刻鏤黼黻文章絺綌綺繡寶玩珠玉則賦斂無度而萬民力竭矣堯之有天下也非貪萬民之富而安人主之位也以爲百姓力征强凌弱衆暴寡於是堯乃身服節儉之行而明相愛之仁以和輯之是故茅茨不翦采椽不斲大路不畫越席不緣大羹

不和粢食不毇巡狩行教勤勞天下周流五嶽豈其奉養不足樂哉舉天下而以爲社稷非有利焉年衰志憫舉天下而傳之舜猶却行而脱蹝也衰世則不然一日而有天下之富處人主之勢則竭百姓之力以奉耳目之欲志專在於宫室臺榭陂池苑囿猛獸熊羆玩好珍怪是故貧民糟糠不接於口而虎狼熊羆猒芻豢百姓短褐不完而宫室衣繡人主急兹無用之功百姓黎民顦顇於天下是故使天下不安其性人主之居也如日月之明也天下之所同側目而

張賓王曰人以此兩語重武侯不知爲淮南語也

用人當如巧工如良醫

視側耳而聽延頸舉踵而望也是故非澹漠無以明德非寧靜無以致遠非寬大無以兼覆非慈厚無以懷衆非平正無以制斷是故賢主之用人也猶巧工之制木也大者以爲舟航柱樑小者以爲楫楔脩者以爲櫚榱短者以爲朱儒枅櫨無小大脩短各得其所宜規矩方圓各有所施天下之物莫凶於雞毒然而良醫橐而藏之有所用也是故林莽之材猶無可棄者而況人乎今夫朝廷之所不舉鄉曲之所不譽非其人不肖也其所以官之者非其職也鹿之上山

獐不能跂也及其下牧豎能追之才有所脩短也是故有大略者不可責以捷巧有小智者不可任以大功人有其才物有其形有任一而太重或任百而尚輕是故審毫氂之計者必遺天下之大數不失小物之選者惑於大數之舉譬猶狸之不可使搏牛虎之不可使搏鼠也今人之才或欲平九州并方外存危國繼絕世志在直道正邪決煩理挐而乃責之以閨閤之禮奧窔之間或佞巧小具謟進愉說隨鄉曲之俗卑下衆人之耳目而乃任之以天下之權治亂之

明主以謀畫之是非論不以位論而聰明不蔽

闇主近邪枉而疏忠良故才不為用而聰明日壅

機是猶以斧劗毛以刀抵木也皆失其宜矣人主者以天下之目視以天下之耳聽以天下之智慮以天下之力爭是故號令能下究而臣情得上聞百官脩同羣臣輻輳喜不以賞賜怒不以罪誅是故威厲立而不廢聰明先而不弊法令察而不苛耳目達而不闇善否之情日陳於前而無所逆是故賢者盡其智而不肖者竭其力德澤兼覆而不偏羣臣勸務而不怠近者安其性遠者懷其德所以然者何也得用人之道而不任己之才者也故假輿馬者足不勞而致

千里乘舟檝者不能游而絕江海夫人主之情莫不欲總海內之智盡衆人之力然而羣臣志達效忠者希不困其身使言之而是雖在褐夫芻蕘猶不可棄也使言之而非也雖在卿相人君揄策於廟堂之上未必可用是非之所在不可以貴賤尊卑論也是明主之聽於羣臣其計乃可用不羞其位其言可行而不責其辯闇主則不然所愛習親近者雖邪枉不正不能見也疏遠卑賤者竭力盡忠不能知也有言者窮之以辭有諫者誅之以罪如此而欲照海內存萬

方是猶塞耳而聽清濁掩目而視青黃也其離聰明則亦遠矣法者天下之度量而人主之準繩也縣法者法不法也設賞者賞當賞也法定之後中程者賞缺繩者誅尊貴者不輕其罰而卑賤者不重其刑犯法者雖賢必誅中度者雖不肖必無罪是故公道通而私道塞矣古之置有司也所以禁民使不得自恣也其立君也所以剬有司使無專行也法籍禮義者所以禁君使無擅斷也人莫得自恣則道勝道勝而理達矣故反於無爲無爲者非謂其凝滯而不動也

以其言莫從已出也夫寸生於穛穛生於日日生於形形生於景此度之本也樂生於音音生於律律生於風此聲之宗也法生於義義生於衆適衆適合於人心此治之要也故通於本者不亂於末覩於要者不惑於詳法者非天墮非地生發於人間而反以自正是故有諸已不非諸人無諸已不求諸人所立於下者不廢於上所禁於民者不行於身所謂亡國非無君也無法也變法者非無法也有法者而不用與無法等是故人主之立法先自爲檢式儀表故令行

以下俱用法意見人主不可廢法

又以法籍禮義反於無爲

與前相喚應

度與聲其有爲俱本於無爲人君之治亦然

自爲檢式儀表而令行於天下則法之所謂無爲

造父得轡銜之術故能取道致遠人主得御大臣之術故耳目不勞精神不倦

於天下孔子曰其身正不令而行其身不正雖令不從故禁勝於身則令行於民矣聖主之治也其猶造父之御齊輯之於轡銜之際而急緩之於脣吻之和正度於胷臆之中而執節於掌握之間內得於心中外合於馬志是故能進退履繩而旋曲中規取道致遠而氣力有餘誠得其術也是故權勢者人主之車輿也大臣者人主之駟馬也體離車輿之安而手失駟馬之心而能不危者古今未有也是故輿馬不調王良不足以取道君臣不和唐虞不能以爲治也執

術而御之則管晏之智盡矣明分以示之則蹠蹻之姦止矣夫據除而窺井底雖達視猶不能見其睛借明於鑑以照之則寸分可得而察也是故明主耳目不勞精神不竭物至而觀其象事來而應其化近者不亂遠者治也是故不用適然之數而行必然之道故萬舉之無遺策矣今夫御者馬體調於車御心和於馬則歷險致遠進退周游莫不如志雖有騏驥騄駬之良臧獲御之則馬反自恣而人弗能制矣故治者不貴其自是而貴其不得爲非也故曰勿使可

老子曰魚不可脫於淵國之利器不可以示人此漢儒蓋祖其意而支其詞者

欲。毋曰弗求。勿使可奪。毋曰不爭。如此則人材釋而公道行矣。美者正於度。而不足者建於用。故海內可一也。夫釋職事而聽非譽。棄公勞而用朋黨。則奇材佻長而干次。守官者雍遏而不進。如此則民俗亂於國。而功臣爭於朝。故法律度量者。人主之所以執下。釋之而不用。是猶無轡銜而馳也。羣臣百姓。反弄其上。是故有術則制人。無術則制於人。吞舟之魚。蕩而失水。則制於螻蟻。離其居也。猨狖失木。而擒於狐狸。非其處也。君人者。釋所守而與臣下爭。則有司以無爲持位。守職者以從君取容。是以人臣藏智而弗用。反以事轉任其上矣。夫貴富者之於勞也。達事者之於察也。驕恣者之於恭也。勢不及君。君人者不任能而好自爲之。則智日困而自負其責也。數窮於下。則不能伸理。行墮於國。則不能專制。智不足以爲治。威不足以行誅。則無以與天下交也。喜怒形於心者。欲見於外。則守職者離正而阿上。有司枉法而從風。賞不當功。誅不應罪。上下離心。而君臣相怨也。是以執政阿主。而有過則無以責之。有罪而不誅。則百官煩

反覆以御馬喻任人之逸亦與無爲相應

亂智弗能解也毀譽萌生而明不能照也不正本而反自然則人主逾勞人臣逾逸是猶代庖宰剝牲而爲大匠斲也與馬競走筋絶而弗能及上車執轡則馬死於衡下故伯樂相之王良御之明主乘之無御相之勞而致千里者乘於人資以爲羽翼也是故君人者無爲而有守也有爲而無好也有爲則讒生有好則諛起昔者齊桓公好味而易牙烹其首子而餌之虞君好寶而晉獻以璧馬釣之胡王好音而秦穆公以女樂誘之是皆以利見制於人也故善建者不

滅想去意四句此無爲而有守循名責實五句此有爲而無好

拔夫火熱而水滅之金剛而火銷之木強而斧伐之水流而土遏之唯造化者物莫能勝也故中欲不出謂之扃外邪不入謂之塞中扃外閉何事之不節外閉中扃何事之不成弗用而後能用之弗爲而後能爲之精神勞則越耳目淫則竭故有道之主滅想去意清虛以待不伐之言不奪之事循名責實使有司任而弗詔責而弗教以不知爲道以奈何爲寶如此則百官之事各有所守也攝權勢之柄其於化民易矣衞君役子路權重也景桓公臣管晏位尊也怯服

以下歷引權勢化民之場

勇而愚制智其所託勢者勝也故枝不得大於榦末不得強於本則輕重大小有以相制也若五指之屬於臂搏援攫捷莫不如志言以小屬於大也是故得勢之利者所持甚小其存甚大所守甚約所制甚廣是故十圍之木持千鈞之屋五寸之鍵制開闔之門豈其材之巨小足哉所居要也孔丘墨翟修先聖之術通六藝之論口道其言身行其志慕義從風而爲之服役者不過數十人使居天子之位則天下徧爲儒墨矣楚莊王傷文無畏之死於宋也奮袂而起衣

冠相連於道遂成軍宋城之下權柄重也楚文王好服獬冠楚國效之趙武靈王貝帶鵕鸃而朝趙國化之使在匹夫布衣雖冠獬冠帶貝帶鵕鸃而朝則不免爲人笑也夫民之好善樂正不待禁誅而自中法度者萬無一也下必行之令從之者利逆之者凶日陰未移而海內莫不被繩矣故握劍鋒以離北宮子司馬蒯蕢不使應敵操其觚招其末則庸人能以制勝今使烏獲藉蕃從後牽牛尾尾絕而不從者逆也若指之桑條以貫其鼻則五尺童子牽而周四海者

握劍牽牛御舩三喻俱見發號施令者當順其勢欲

順其勢則防民害開民利是已桓公順之而霸紂逆之而為獨夫可不審哉

人主之車輿衣食俱當計歲之豐歉量民之積聚而為之此在虞周之世則然

順也夫七尺之撓而制船之左右者以水為資天子發號令行禁止以衆為勢也夫防民之所害開民之所利威行也若發城決塘故循流而下易以至背風而馳易以遠桓公立政去食肉之獸食粟之鳥係罝之網三舉而百姓說紂殺王子比干而骨肉怨斮朝涉者之脛而萬民叛再舉而天下失矣故義者非能徧利天下之民也利一人而天下從風暴者非盡害海內之衆也害一人而天下離叛故桓公三舉而九合諸侯紂再舉而不得為匹夫故舉錯不可不審人主租斂於民也必先計歲而收量民積聚知饑饉有餘不足之數然後取車輿衣食供養其欲高臺層榭接屋連閣非不麗也然民有掘穴狹廬所以託身者明主弗樂也肥醲甘脆非不美也然民有糟糠菽粟不接於口者則明主弗甘也匡牀蒻席非不寧也然民有處邊城犯危難澤死暴骸者明主弗安也故古之君人者其慘怛於民也國有饑者食不重味民有寒者而冬不被裘歲登民豐乃始縣鐘鼓陳干戚君臣上下同心而樂之國無哀人故古之為金石管絃

有充於內指歲登豐言成像於外指鍾鼓干戚言

者所以宣樂也兵革斧鉞者所以飾怒也觴酌俎豆酬酢之禮所以效善也衰絰管屨辟踊哭泣所以諭哀也此皆有充於內而成像於外及至亂主取民則不裁其力求於下則不量其積男女不得事耕織之業以供上之求力勤財匱君臣相疾也故民至於焦脣沸肝有今無儲而乃始撞大鐘擊鳴鼓吹竽笙彈琴瑟是猶貫甲冑而入宗廟被羅紈而從軍旅失樂之所由生矣夫民之爲生也一人蹠耒而耕不過十畝中田之獲卒歲之收不過畝四石妻子老弱仰而

食之時有涔旱災害之患無以給上之徵賦車馬兵革之費由此觀之則人之生憫矣夫天地之大計三年耕而餘一年之食率九年而有三年之畜十八年而有六年之積二十七年而有九年之儲雖涔旱災害之殃民莫困窮流亡也故國無九年之畜謂之不足無六年之積謂之憫急無三年之畜謂之窮乏故有仁君明王其取下有節自養有度則得承受於天地而不離饑寒之患矣若貪主暴君撓於其下侵漁其民以適無窮之欲則百姓無以被天和而履地德

畋不掩群至彘不期年不得食皆王者田狩之礼順時序廣仁意也

矣食者民之本也民者國之本也國者君之本也是故人君者上因天時下盡地財中用人力是以羣生遂長五穀蕃植教民養育六畜以時種樹務脩田疇滋植桑麻肥墝高下各因其宜丘陵阪險不生五穀者以樹竹木春伐枯槁夏取果蓏秋畜疏食冬伐薪蒸以爲民資是故生無乏用死無轉尸故先王之法畋不掩羣不取麛夭不涸澤而漁不焚林而獵豺未祭獸罝罦不得布於野獺未祭魚網罟不得入於水鷹隼未摯羅網不得張於谿谷草木未落斤斧不得

入山林昆蟲未蟄不得以火燒田孕育不得殺鷇卵不得探魚不長尺不得取彘不期年不得食是故草木之發若蒸氣禽獸之歸若流原飛鳥之歸若煙雲有所以致之也故先王之政四海之雲至而脩封疆蝦蟇鳴燕降而達路除道陰降百泉則脩橋梁昏張中則務種穀大火中則種黍菽虛中則種宿麥昴中則收斂畜積伐薪木上告於天下布之民先王之所以應時脩備富國利民實曠來遠者其道備矣非能目見而足行之也欲利之也欲利之也不忘於心則

張賓王曰人以此稱孫思邈不知其爲淮南說也心欲小二語足盡君子養德養身之要

聖人廣開納諫之路其心之小可知

官自備矣心之於九竅四支也不能一事焉然而動靜聽視皆以爲主者不忘於欲利也故堯爲善而衆善至矣桀爲非而衆非來矣善積則功成非積則禍極凡人之論心欲小而志欲大智欲員而行欲方能欲多而事欲鮮所以心欲小者慮患未生備禍未發戒過愼微不敢縱其欲也志欲大者兼包萬國一齊殊俗并覆百姓若合一族是非輻輳而爲之轂智欲員者環復轉運終始無端旁流四達淵泉而不竭萬物並興莫不響應也行欲方者直立而不撓素白而

不汚窮不易操通不肆志能欲多者文武具備動靜中儀舉動廢置曲得其宜無所擊戾無不畢宜也事欲鮮者執柄持術得要以應衆執約以治廣處靜持中運於璇樞以一合萬若合符者也故心小者禁於微也志大者無不懷也知員者無不知也行方者有不爲也能多者無不治也事鮮者約所持也古者天子聽朝公卿正諫博士誦詩瞽箴師誦庶人傳語史書其過宰徹其膳猶以爲未足也故堯置敢諫之鼓舜立誹謗之木湯有司直之人武王立戒愼之鞀過

武王有吞吐乾坤之氣所以稱其志爲大

能歷觀興亡之由則其智環轉無端所以爲員

所謂行方者惟守成業繩趨尺步之謂

有能而不拔癈所以事鮮

若毫釐而既已備之也夫聖人之於善也無小而不舉其於過也無微而不改堯舜禹湯文武皆坦然天下而南面焉當此之時鼟鼓而食奏雍而徹已飯而祭竈行不用巫祝鬼神弗敢祟山川弗敢禍可謂至貴矣然而戰戰慄慄日慎一日由此觀之則聖人之心小矣詩云惟此文王小心翼翼昭事上帝聿懷多福其斯之謂歟武王伐紂發鉅橋之粟散鹿臺之錢封比干之墓表商容之閭朝成湯之廟解箕子之囚使各處其宅田其田無故無新唯賢是親用非其有

使非其人晏然若故有之由此觀之則聖人之志大也文王周觀得失徧覽是非堯舜所以昌桀紂所以亡者皆著於明堂於是略智博聞以應無方由此觀之則聖人之智員矣成康繼文武之業守明堂之制觀存亡之迹見成敗之變非道不言非義不行言不苟出行不苟爲擇善而後從事焉由此觀之則聖人之行方矣孔子之通智過於萇弘勇服於孟賁足躡郊菟力招城關能亦多矣然而勇力不聞伎巧不知專行孝道以成素王事亦鮮矣春秋二百四十二年

盖紀湑子養
關雎之謂

六反盖指心欲小志欲大智欲員行欲方能欲多事欲鮮六者之反也

亡國五十二弒君三十六采善鉏醜以成王道論亦博矣然而圍於匡顏色不變絃歌不輟臨死亡之地犯患難之危據義行理而志不攝分亦明矣然爲魯司寇聽獄必爲斷作爲春秋不道鬼神不敢專己夫聖人之智固已多矣其所守者約故舉而必榮愚人之智固已少矣其所事者多故動而必窮矣吳起張儀智不若孔墨而爭萬乘之君此其所以車裂支解也夫以正教化者易而必成以邪巧世者難而必敗凡將役行立趣於天下捨其易成者而從事難而必

敗者愚惑之所致也凡此六反者不可不察也徧知萬物而不知人道不可謂智徧愛羣生而不愛人類不可謂仁仁者愛其類也智者不可惑也仁者雖在斷割之中其所不忍之色可見也智者雖煩難之事其不闇之效可見也內恕反情心之所欲其不加諸人由近知遠由己知人此仁智之所合而行也小有教而大有存也小有誅而大有寧也唯惻隱推而行之此智者之所獨斷也故仁智錯有時合合者爲正錯者爲權其義一也府吏守法君子制義法而無義

亦府吏也不足以爲政耕之爲事也勞織之爲事也擾擾勞之事而民不舍者知其可以衣食也人之情不能無衣食衣食之道必始於耕織萬民之所公見也物之若耕織者始初甚勞終必利也衆愚人之所見者寡事可權者多愚之所權者少此愚者之所多患也物之可備者智者盡備之可權者盡權之此智者所以寡患也故智者先忤而後合愚者始於樂而終於哀今日何爲而榮乎旦日何爲而義乎此易言也今日何爲而義旦日何爲而榮此難知也問瞽師

曰白素何如曰縞然曰黑何若曰黮然援白黑而示之則不處焉人之視白黑以目言白黑以口瞽師有以言白黑無以知白黑故言白黑與人同其別白黑與人異入孝於親出忠於君無愚智賢不肖皆知其爲義也使陳忠孝行而知所出者鮮矣凡人思慮莫不先以爲可而後行之其是或非此愚智之所以異凡人之性莫貴於仁莫急於智仁以爲質智以行之兩者爲本而加之以勇力辯慧捷疾劬錄巧敏遲利聰明審察盡衆益也身材未脩伎藝曲備而無仁智

皆知為義即瞽師之能言白黑者陳忠孝行而知所出者鮮即瞽師之不能知黑白者

人必仁智爲表幹而後勇力果敢辯慧敏給蓋弓調而後求勁馬服而後求良士必慈而求智能之謂歟

以下推士上達之道以足仁義爲表幹意

以爲表幹而加之以衆美則益其損故不仁而有勇力果敢則狂而操利劍不知而辯慧懷給則棄驥而不式雖有材能其施之不當其處之不宜適足以輔僞飾非伎藝之衆不如其寡也故有野心者不可借便勢有愚質者不可與利器魚得水而游焉則樂塘決水涸則爲螻蟻所食有掌脩其隄防補其缺漏則魚得而利之國有以存人有以生國之所以存者仁義是也人之所以生者行善是也國無義雖大必亡人無善志雖勇必傷治國上使不得與焉孝於父母

弟於兄嫂信於朋友不得上令而可得爲也釋己之所得爲而責於其所不得制悖矣士處卑隱欲上達必先反諸己上達有道名譽不起而不能上達矣取譽有道不信於友不能得譽信於友有道事親不說不信於友說親有道脩身不誠不能事親矣誠身有道心不專一不能專誠道在易而求之難驗在近而求之遠故弗得也

開口以道為主

治本於一人後面求諸己之意切此

此皆後篇仁義行而道德遷之意

淮南鴻烈解卷十

繆稱訓

道至高無上至深無下平乎準直乎繩員乎規方乎矩包裹宇宙而無表裏洞同覆載而無所礙是故體道者不哀不樂不喜不怒其坐無慮其寢無夢物來而名事來而應主者國之心心治則百節皆安心擾則百節皆亂故其心治者支體相遺也其國治者君臣相忘也黃帝曰芒芒昧昧從天之道與元同氣故至德者言同畧事同指上下一心無岐道旁見者遏

障之於邪開道之於善而民鄉方矣故易曰同人於野利涉大川道者物之所導也德者性之所扶也仁者積恩之見證也義者比於人心而合於衆適者也故道滅而德用德衰而仁義生故上世體道而不德中世守德而弗壞也末世繩繩乎唯恐失仁義君子非仁義無以生失仁義則失其所以生小人非嗜欲無以活失嗜欲則失其所以活故君子懼失仁義小人懼失利觀其所懼知各殊矣易曰即鹿無虞惟入於林中君子幾不如舍往吝其施厚者其報美其怨

此正各得其宜者

大者其禍深薄施而厚望畜怨而無患者古今未之有也是故聖人察其所以往則知其所以來者聖人之道猶中衢而致尊邪過者斟酌多少不同各得其所宜是故得一人所以得百人也人以其所願於上以與其下交誰弗戴以其所欲於下以事其上誰弗喜詩云媚茲一人應侯慎德慎德大矣一人小矣能善小斯能善大矣君子見過忘罰故能諫見賢忘賤故能讓見不足忘貧故能施情繫於中行形於外凡行戴情雖過無怨不戴其情雖忠來惡后稷廣利天

知人必本之己

下猶不自矜禹無廢功無廢財自視猶觖如也滿如陷實如虛盡之者也凡人各賢其所說而說其所快世莫不舉賢或以治或以亂非自遁求同乎己者也己未必得賢而求與己同者而欲得賢亦不幾矣使堯度舜則可使桀度堯是猶以升量石也今謂狐狸則必不知狐又不知狸非未嘗見狐者必未嘗見狸也狐狸非異同類也而謂狐狸則不知狐狸是故謂不肖者賢則必不知賢謂賢者不肖則必不知不肖者矣聖人在上則民樂其治在下則民慕其意小人

聖人無棄人
在用之何如

心治而無所
不宜

在上位如寢關曝纊不得須臾寧故易曰乘馬班如泣血漣如言小人處非其位不可長也物莫無所不用天雄烏喙藥之凶毒也良醫以活人侏儒瞽師人之困慰者也人主以備樂是故聖人制其剟材無所不用矣勇士一呼三軍皆辟其出之也誠故倡而不和意而不戴中心必有不合者也故舜不降席而王天下者求諸己也故上多故則民多詐矣身曲而景直者未之聞也說之所不至者容貌至焉容貌之所不至者感或至焉感乎心明乎智發而成形精之至

也可以形勢接而不可以照認戎翟之馬皆可以馳驅或近或遠唯造父能盡其力三苗之民皆可使忠信或賢或不肖唯唐虞能齊其美必有不傳者中行繆伯手搏虎而不能生也蓋力優而克不能及也用百人之所能則得百人之力舉千人之所愛則得千人之心辟若伐樹而引其本千枝萬葉則莫得弗從也慈父之愛子非爲報也不可內解於心聖王之養民非求用也性不能已若火之自熱冰之自寒夫有何脩焉及恃其力賴其功者若失火舟中故君子見

始斯知終矣媒妁譽人而莫之德也取庸而強飯之莫之愛也雖親父慈母不加於此有以爲則恩不接矣故送往者非所以迎來也施死者非專爲生也誠出於己則所動者遠矣錦繡登廟貴文也圭璋在前尚質也文不勝質之謂君子故終年爲車無三寸之鎋不可以驅馳匠人斵戶無一尺之楗不可以閉藏故君子行思乎其所結心之精者可以神化而不可以導人目之精者可以消澤而不可以昭誋在混冥之中不可諭於人故舜不降席而天下治桀不下陛

而天下亂蓋情甚乎叫呼也無諸己求諸人古今未之聞也同言而民信信在言前也同令而民化誠在令外也聖人在上民遷而化情以先之也動於上不應於下者情與令殊也故易曰亢龍有悔三月嬰兒未知利害也而慈母之愛諭焉者情也故言之用者昭昭乎小哉不言之用者曠曠乎大哉身君子之言信也中君子之意忠也忠信形於內感動應於外故禹執干戚舞於兩階之間而三苗服鷹翔川魚鼈沉飛鳥揚必遠害也子之死父也臣之死君也世有行

求諸己而遠無不應

之者矣非出死以要名也恩心之藏於中而不能違其難也故人之甘甘非正為蹠也而蹠焉往君子之憯怛非正為偽形也諭乎人心非從外入自中出者也義尊乎君仁親乎父故君之於臣也能死生之不能使為苟簡易父之於子也能發起之不能使無憂尋故義勝君仁勝父則君尊而臣忠父慈而子孝聖人在上化育如神太上曰我其性與其次曰微彼其如此乎故詩曰執轡如組易曰含章可貞動於近成文於遠夫察所夜行周公慙乎景故君子慎其獨也

釋近斯遠塞矣聞善易以正身難夫子見禾之三變也滔滔然曰狐鄉丘而死我其首禾乎故君子見善則痛其身焉身苟正懷遠易矣故詩曰弗躬弗親庶民弗信小人之從事也曰苟得君子曰苟義所求者同所期者異乎擊舟水中魚沉而鳥揚同聞而殊事其情一也僖負羈以壺餐表其閭趙宣孟以束脯免其軀禮不隆而德有餘仁心之感恩接而憯怛生故其入人深俱之叫呼也在家老則為恩厚其在債人則生爭鬬故曰兵莫憯於意志莫邪為下寇莫大於

聖人反己之治不期然而然

張賓王曰新妙

陰陽抱鼓爲小聖人爲善非以求名而名從之名不與利期而利歸之故人之憂喜非爲蹝蹝焉往生也故至人不容故若眯而撫若跌而據聖人之爲治漠然不見賢焉終而後知其可大也若日之行騏驥不能與之爭遠今夫夜有求與瞽師併東方開斯照矣動而有益則損隨之故易曰剝之不可遂盡也故受之以復積薄爲厚積卑爲高故君子日孳孳以成煇小人日快快以至辱其消息也離朱弗能見也文王聞善如不及宿不善如不祥非爲日不足也其憂尋

推之也故詩曰周雖舊邦其命維新懷情抱質天弗能殺地弗能薶也聲揚天地之間配日月之光甘樂之者也苟鄉善雖過無怨苟不鄉善雖忠來患故怨人不如自怨求諸人不如求諸己得也聲自召也貌自示也名自命也文自官也無非己者操銳以刺操刃以擊自召也貌何自怨乎人故筦子文錦也雖醜登廟子産練染也美而不尊虛而能滿淡而有味被褐懷玉者故兩心不可以得一人一心可以得百人男子樹蘭美而不芳繼子得食肥而不澤情不相與

張賓王曰妙語

反求諸己非卓然有見者不能

聖人之寡以脩己者不得其道也

張賓王曰新

往來也生所假也死所歸也故弘演直仁而立死王子閭張掖而受刃不以所託害所歸也故世治則以義衛身世亂則以身衛義死之日行之終也故君子慎一用之無勇者非先懾也難至而失其守也貪婪者非先欲也見利而忘其害也虞公見垂棘之璧而不知虢禍之及己也故至道之人不可遏奪也人之欲榮也以為己也於彼何益聖人之行義也其憂尋出乎中也於己何以利故帝王者多矣而三王獨稱貧賤者多矣而伯夷獨舉以貴為聖乎則聖者衆矣

以賤為仁乎則賤者多矣何聖人之寡也獨專之意樂哉忽乎日滔滔以自新忘老之及己也始乎叔季歸乎伯孟必此積也不身遁斯亦不遁人故若行獨梁不為無人不兢其容故使人信己者易而蒙衣自信者難情先動動無不得無不得則無窘發窘而後快故唐虞之舉錯也非以偕情也快己而天下治桀紂非正賊之也快己而百事廢喜憎議而治亂分矣聖人之行無所合無所離譬若鼓無所與調無所不比絲筦金石小大脩短有敘異聲而和君臣上下官

張賓王曰句法別

心者身之主君者國之主

道以脩己誠中形外治之

矩鑿也

職有差殊事而調夫織者日以進耕者日以郤事相反成功一也申喜聞乞人之歌而悲出而視之其母也艾陵之戰也夫差曰夷聲陽句吳其庶乎同是聲而取信焉異有諸情也故心哀而歌不樂心樂而哭不哀夫子曰絃則是也其聲非也文者所以接物也情繫於中而欲發外者也以文滅情則失情以情滅文則失文文情理通則鳳麟極矣言至德之懷遠也輪子陽謂其子曰良工漸乎矩鑿之中矩鑿之中固無物而不周聖王以治民造父以治馬醫駱以治病

同材而各自取焉上意而民載誠中者也未言而信弗召而至或先之也慊於不已知者不自知也矜怚生於不足華誣生於矜誠中之人樂而不慊如鴞好聲熊之好經夫有誰為矜春女思秋士悲而知物化矣號而哭嘰而哀而知聲動矣容貌顏色理詘俛倨狥知情偽矣故聖人栗栗乎其內而至乎至極矣功名遂成天也循理受順人也太公望周公旦天非為武王造之也崇侯惡來天非為紂生之也有其世有其人也教本乎君子小人被其澤利本乎小人君子

綱舉目張非求諸已而何

又道本旨

享其功昔東戶季子之世道路不拾遺耒耜餘糧宿諸晦首使君子小人各得其宜也故一人有慶兆民賴之凡高者貴其左故下之於上曰左之臣辭也下者貴其右故上之於下曰右之君讓也故上左遷則失其所尊也臣右還則失其所貴矣小快害道斯須害儀子產騰辭獄繁而無邪失諸情者則塞於辭矣成國之道工無僞事農無遺力士無隱行官無失法譬若設網者引其綱而萬目開矣舜禹不再受命堯舜傳大焉先形乎小也刑於寡妻至於兄弟禪於家

國而天下從風故戎兵以大知小人以小知大君子之道近而不可以至卑而不可以登無載焉而不勝大而章遠而隆知此之道不可求於人斯得諸已也釋已而求諸人去之遠矣君子者樂有餘而名不足小人樂不足而名有餘觀於有餘不足之相去昭然遠矣含而弗吐在情而不萌者未之聞也君子思義而不慮利小人貪利而不顧義子曰鈞之哭也曰子予奈何兮乘我何其哀則同其所以哀則異故哀樂之襲人情也深矣鑿地漂池非止以勞苦民也各從

反本者已也

其曬而亂生焉其載情一也施人則異矣故唐虞日孳孳以致於王桀紂日快快以致於死不知後世之譏巳也凡人情說其所苦卽樂失其所樂則哀故知生之樂必知死之哀有義者不可欺以利有勇者不可劫以懼如饑渴者不可欺以虛器也人多欲虧義多憂害智多懼害勇嫚生乎小人蠻夷皆能之善生乎君子誘然與日月爭光天下弗能遏奪故治國樂其所以存亡國亦樂其所以亡也金錫不消釋則不流刑上憂尋不誠則不法民憂尋不在民則是絕民

之繫也君反本而民繫固也至德小節備大節舉齊桓舉而不密晉文密而不舉晉文得之乎閨內失之乎境外齊桓失之乎閨內而得之本朝水下流而廣大君下臣而聰明君不與臣爭功而治道通矣管夷吾百里奚經而成之齊桓秦穆受而聽之照惑者以東爲西惑也見日而寤矣衞武侯謂其臣曰小子無謂我老而羸我有過必謁之是武侯如弗羸之必得羸故老而弗舍通乎存亡之論者也人無能作也有能爲也有能爲也而無能成也人之爲天成之終身

君子脩其在己可盡者聽其不可必者

爲善非天不行終身爲不善非天不亡故善否我也禍福非我也故君子順其在已者而已矣性者所受於天也命者所遭於時也有其材不遇其世天也太公何力比干何罪循性而行止或害或利求之有道得之在命故君子能爲善而不能必其得福不忍爲非而未能必免其禍君根本也臣枝葉也根本不美枝葉茂者未之聞也有道之世以人與國無道之世以國與人堯王天下而憂不解授舜而憂釋憂而守之而樂與賢終不私其利矣凡萬物有所施之無小

此即盡其在己順其在天

不可爲無所用之碧瑜糞土也人之情於害之中爭取小焉於利之中爭取大焉故同味而嗜厚膊者必其甘之者也同師而超羣者必其樂之者也弗甘弗樂而能爲表者未之聞也君子時則進得之以義何幸之有不時則退讓之以義何不幸之有故伯夷餓死首陽之下猶不自悔棄其所賤得其所貴也福之萌也緜緜禍之生也分分禍福之始萌微故民嫚之唯聖人見其始而知其終故傳曰魯酒薄而邯鄲圍羊羹不斟而宋國危明主之賞罰非以爲已也以爲

各盡其在巳者而人莫及

國也適於巳而無功於國者不施賞焉逆於巳便於國者不加罰焉故楚莊謂共雍曰有德者受吾爵祿有功者受吾田宅是二者女無一焉吾無以與女可謂不踰於理乎其謝之也猶未之莫與周政至殷政善夏政行行政善善未必至也至至之人不慕乎行不慙乎善含德履道而上下相樂也不知其所由然有國者多矣而齊桓晉文獨名泰山之上有七十壇焉而三王獨道君不求諸臣臣不假之君脩近彌遠而後世稱其大不越隣而成章而莫能至焉故孝巳

張賓王曰名言當揭座右

聖人能不違時故能成功

之禮可爲也而莫能奪之名也必不得其所懷也義載乎宜之謂君子宜遺乎義之謂小人通智得而不勞其次勞而不病其下病而不勞古人味而弗貪也今人貪而弗味歌之脩其音也音之不足於其美者也金石絲竹助而奏之猶未足以至於極也人能尊道行義喜怒取予欲如草之從風召公以桑蠶耕種之時弛獄出拘使百姓皆得反業脩職文王辭千里之地而請去炮烙之刑故聖人之舉事也進退不失時若夏就絺綌上車授綏之謂也老子學商容見舌

至者能感人
人亦莫能測

而知守柔矣列子學壺子觀景柱而知持後矣故聖人不為物先而常制之其類若積薪樵後者在上人以義愛以黨羣以羣強是故德之所施者博則威之所行者遠義之所加者淺則武之制者小矣鐸以聲自毀膏燭以明自鑠虎豹之文來射猨狖之捷來措故子路以勇死萇弘以智困能以智知而未能以智不知也故行險者不得履繩出林者不得直道夜行瞑目而前其手事有所至而明有不害人能貫冥冥入於昭昭可與言至矣鵲巢知風之所起獺穴知水

之高下暉目知晏陰諧知雨為是謂人智不如鳥獸則不然故通於一伎察於一辭可與曲說未可與廣應也甯戚擊牛角而歌桓公舉以大政雍門子以哭見孟嘗君涕流沾纓歌哭眾人之所能為也一發聲入人耳感人心情之至者也故唐虞之法可效也其諭人心不可及也簡公以懦殺子陽以猛劫皆不得其道者也故歌而不比於律者其清濁一也繩之外與繩之內皆失直者也紂為象箸而箕子嘰魯以偶人葬而孔子嘆見所始則知所終故水出於山入於

皆不得其至者

海稼生乎野而藏乎倉聖人見其所生則知其所歸矣水濁者魚噞令苛者民亂城峭者必崩岸崝者必阤故商鞅立法而支解吳起刻削而車裂治國辟若張瑟大絃組則小絃絶矣故急轡數策者非千里之御也有聲之聲不過百里無聲之聲施於四海是故祿過其功者損名過其實者蔽情行合而名副之禍福不虛至矣身有醜夢不勝正行國有妖祥不勝善政是故前有軒冕之賞不可以無功取也後有斧鉞之禁不可以無罪蒙也素脩正者弗離道也君子不

謂小善不足爲也而舍之小善積而爲大善不爲小不善爲無傷也而爲之小不善積而爲大不善是故積羽沉舟羣輕折軸故君子禁於微壹快不足以成善積快而爲德壹恨不足以成非積恨而成怨故三代之稱千歲之積譽也桀紂之謗千歲之積毀也天有四時人有四用何謂四用視而形之莫明於目聽而精之莫聰於耳重而閉之莫固於口含而藏之莫深於心目見其形耳聽其聲口言其誠而心致之精則萬物之化咸有極矣地以德廣君以德尊上也地

形體以心為至

知小而不知大知近而不知

知遠何於見也

又露反己意

以義廣君以義尊次也地以強廣君以強尊下也故粹者王駮者霸無一焉者亡昔二皇鳳凰至於庭三代至乎門周室至乎澤德彌麤所至彌遠德彌精所至彌近君子誠仁施亦仁不施亦仁小人誠不仁施亦不仁不施亦不仁善之由我與其由人若仁德之盛者也故情勝欲者昌欲勝情者亡欲知天道察其數欲知地道物其樹欲知人道從其欲勿驚勿駭萬物將自理勿撓勿攖萬物將自清察一曲者不可與言化審一時者不可與言大日不知夜月不知晝日

月爲明而弗能兼也唯天地能函之能包天地曰唯無形者也驕溢之君無忠臣口慧之人無必信交拱之木無把之枝尋常之溝無吞舟之魚根淺則末短本傷則枝枯福生於無爲患生於多慾害生於弗備穢生於弗耨聖人爲善若恐不及備禍若恐不免蒙塵而欲毋眯涉水而欲毋濡不可得也是故知己者不怨人知命者不怨天福由己發禍由己生聖人不求譽不辟誹正身直行衆邪自息今釋正而追曲倍是而從衆是與俗儷走而內行無繩故聖人反己而

順天下之情者天下從之

以三等人結前治亂興亡

禍福成敗之意盡矣

弗由也道之有篇章形埒者非至者也嘗之而無味
視之而無形不可傳於人大戟去水亭歷愈脹用之
不節乃反無病物多類之而非唯聖人知其微善御
者不忘其馬善射者不忘其弩善爲人上者不忘其
下誠能愛而利之天下可從也弗愛弗利親子叛父
天下有至貴而非勢位也有至富而非金玉也有至
壽而非千歲也原心反性則貴矣適情知足則富矣
明死生之分則壽矣言無常是行無常宜者小人也
察於一事通於一伎者中人也兼覆蓋而并有之度

伎能而裁使之者聖人也

張賓王曰篇中多言誠心不言之感駭目新詞刺心妙論疊疊而來

不若太上之道故曰衰世末造

正見禮義興於衰世

古之道如此

禮義之後若此

淮南鴻烈解卷十一

齊俗訓

率性而行謂之道得其天性謂之德性失然後貴仁道失然後貴義是故仁義立而道德遷矣禮義飾則純樸散矣是非形則百姓眩矣珠玉尊則天下爭矣凡此四者衰世之造也末世之用也夫禮者所以別尊卑異貴賤義者所以合君臣父子兄弟夫妻朋友之際也今世之為禮者恭敬而忮為義者布施而德君臣以相非骨肉以生怨則失禮義之本也故搆而

多責夫水積則生相食之魚土積則生自宂之獸禮義飾則生偽匿之本夫吹灰而欲無眯涉水而欲無濡不可得也古者民童蒙不知東西貌不羨乎情而言不溢乎行其衣致煖而無文其兵戈銖而無刃其歌樂而無轉其哭哀而無聲鑿井而飲耕田而食無所施其美亦不求得親戚不相毀譽朋友不相怨德及至禮義之生貨財之貴而詐偽萌興非譽相紛怨德並行於是乃有曾參孝己之美而生盜跖莊蹻之邪故有大路龍旂羽蓋垂緌結駟連騎則必有穿窬

高下長短相形道德於禮義亦然

聖人見微知著仁義禮義一形聖人必知其獘

多譬喻總發上意

柎揵抽箕踰備之姦有詭文繁繡弱緆羅紈必有菅屩跐踦短褐不完者故高下之相傾也短脩之相形也亦明矣夫蝦蟇爲鶉水蠆爲蟌莣皆生非其類唯聖人知其化夫胡人見黂不知其可以爲布也越人見毳不知其可以爲旃也故不通於物者難與言化

昔太公望周公旦受封而相見太公問周公曰何以治魯周公曰尊尊親親太公曰魯從此弱矣周公問太公曰何以治齊太公曰舉賢而上功周公曰後世必有刼殺之君其後齊日以大至於霸二十四世

而田氏代之魯日以削至三十二世而亡故易曰履霜堅氷至聖人之見終始微言故糟丘生乎象櫡炮烙生乎熱升子路撜溺而受牛謝孔子曰魯國必好救人於患子贛贖人而不受金於府孔子曰魯國不復贖人矣子路受而勸德子贛讓而止善孔子之明以小知大以近知遠通於論者也由此觀之廉有所在而不可公行也故行齊於俗可隨也事周於能易爲也矜僞以惑世伉行以違衆聖人不以爲民俗廣廈闊屋連闥通房人之所安也鳥入之而憂高山險

便於彼則不便於此物理皆然

各取其所適宜而已治道亦然

相反可以為用

阻深林叢薄虎豹之所樂也人入之而畏川谷通原積水重泉黿鼉之所便也人入之而死咸池承雲九韶六英人之所樂也鳥獸聞之而驚深谿峭岸峻木尋枝猨狖之所樂也人上之而慄形殊性詭所以為樂者乃所以為哀所以為安者乃所以為危也乃至天地之所覆載日月之所照詔使各便其性安其居處其宜為其能故愚者有所脩智者有所不足柱不可以摘齒筐不可以持屋馬不可以服重牛不可以追速鈆不可以為刀銅不可以為弩鐵不可以為舟

木不可以為釜各用之於其所適施之於其所宜即萬物一齊而無由相過夫明鏡便於照形其於以函食不如簞犧牛粹毛宜於廟牲其於以致雨不若黑蜧由此觀之物無貴賤因其所貴而貴之物無不貴也因其所賤而賤之物無不賤也夫玉璞不猒厚角觽不猒薄漆不猒黑粉不猒白此四者相反也所急則均其用一也今之裘與蓑孰急見雨則裘不用升堂則蓑不御此代為常者也譬若舟車楯肆窮廬故有所宜也故老子曰不上賢者言不致魚於木沉鳥

上文說開此總說治道

正各適其宜

亂之與治相反爲是

此見起處道德率性之意

於淵故堯之治天下也舜爲司徒契爲司馬禹爲司空后稷爲大田師奚仲爲工其導萬民也水處者漁山處者木谷處者牧陸處者農地宜其事事宜其械械宜其用用宜其人澤皋織網陵阪耕田得以所有易所無以所工易所拙是故離叛者寡而聽從者衆譬若播棊丸於地員者走澤方者處高各從其所安夫有何上下焉若風之遇簫忽然感之各以清濁應矣夫猨狖得茂木不舍而穴狟狢得埵防弗去而緣物莫避其所利而就其所害是故隣國相望鷄狗之

音相聞而足迹不接諸侯之境車軌不結千里之外者皆各得其所安故亂國若盛治國若虛亡國若不足存國若有餘虛者非無人也皆守其職也盛者非多人也皆徼於末也有餘者非多財也欲節事寡也不足者非無貨也民躁而費多也故先王之法籍非所作也其所因也其禁誅非所爲也其所守也凡以物治物者不以物以睦治睦者不以睦以人治人者不以人以君治君者不以君以欲治欲者不以欲以性治性者不以性以德治德者不以德以道原人之

見人皆移所習由於上化

故仁義立而道德遷禮義飾而純朴散有以也

性未嘗不在顧人所見何如耳

見性之不可失故聖人以性率人

性蕪穢而不得清明者物或堁之也羌氏僰翟嬰兒生皆同聲及其長也雖重象狄騠不能通其言教俗殊也今三月嬰兒生而徙國則不能知其故俗由此觀之衣服禮俗者非人之性也所受於外也夫竹之性浮殘以爲牒束而投之水則沉失其體也金之性沉託之於舟上則浮勢有所支也夫素之質白染之以涅則黑縑之性黃染之以丹則赤人之性無邪久湛於俗則易易而忘本合於若性故日月欲明浮雲蓋之河水欲清沙石濊之人性欲平嗜欲害之惟聖

人能遺物而反己夫乘舟而惑者不知東西見斗極則寤矣夫性亦人之斗極也以有自見也則不失物之情無以自見則動而惑營譬若隴西之遊愈躁愈沉孔子謂顏回曰吾服汝也忘而汝服於我也亦忘雖然汝雖忘乎吾猶有不忘者存孔子知其本也夫縱欲而失性動未嘗正也以治身則危以治國則亂以入軍則破是故不聞道者無以反性故古之聖王能得諸己故令行禁止名傳後世德施四海是故凡將舉事必先平意清神神清意平物乃可正若璽之

虛者即性也
一者亦性也

抑埴。正與之正。傾與之傾。故堯之舉舜也。決之於目。
桓公之取甯戚也。斷之於耳而已矣。爲是釋術數而
任耳目。其亂必甚矣。夫耳目之可以斷也。反情性也。
聽失於誹譽。而目淫於采色。而欲得事正則難矣。夫
載哀者。聞歌聲而泣。載樂者。見哭者而笑。哀可樂者。
笑可哀者。載使然也。是故貴虛。故水擊則波興。氣亂
則智昏。智昏不可以爲政。波水不可以爲平。故聖王
執一而勿失。萬物之情既矣。四夷九州服矣。夫一者。
至貴無適於天下。聖人託於無適。故民命繫矣。爲仁

者必以哀樂論之。爲義者必以取予明之。目所見不
過十里。而欲遍照海内之民。哀樂弗能給也。無天下
之委財。而欲遍贍萬民。利不能足也。且喜怒哀樂。有
感而自然者也。故哭之發於口。涕之出於目。此皆憤
於中。而形於外者也。譬若水之下流。煙之上尋也。夫
有孰推之者。故強哭者雖病不哀。強親者雖笑不和。
情發於中。而聲應於外。故釐負羈之壺餐。愈於晉獻
公之垂棘。趙宣孟之束脯。賢於智伯之大鐘。故禮豐
不足以效愛。而誠心可以懷遠。故公西華之養親也。

各因其俗不失其宜皆可以治

若與朋友處曾參之養親也若事嚴主烈君其養一也故胡人彈骨越人齧臂中國歃血也所由各異其於信一也三苗髽首羌人括領中國冠笄越人劗髮其於服一也帝顓頊之法婦人不辟男子於路者拂之於四達之衢今之國都男女切蹄肩摩於道其於俗一也故四夷之禮不同皆尊其主而愛其親敬其兄獫狁之俗相反皆慈其子而嚴其上夫鳥飛成行獸處成群有孰教之故魯國服儒者之禮行孔子之術地削名卑不能親近來遠越王句踐劗髮文身無

皮弁搢笏之服拘罷拒折之容然而勝夫差於五湖南面而霸天下泗上十二諸侯皆率九夷以朝胡貉匈奴之國縱體拖髮箕倨反言而國不亡者未必無禮也楚莊王裾衣博袍令行乎天下遂霸諸侯晉文君大布之衣牂羊之裘韋以帶劍威立於海內豈必鄒魯之禮之謂禮乎是故入其國者從其俗入其家者避其諱不犯禁而入不迕逆而進雖之夷狄徒倮之國結軌乎遠方之外而無所困矣禮者實之文也仁者恩之效也故禮因人情而為之節文而仁發併

古之禮樂簡易如是異於今遠矣

此不若古之禮樂處

以見容禮不過實仁不溢恩也治世之道也夫三年之喪是強人所不及也而以僞輔情也三月之服是絕哀而迫切之性也夫儒墨不原人情之終始而務以行相反之制五縗之服悲哀抱於情葬薶稱於養不強人之所不能爲不絕人之所能已度量不失於適誹譽無所由生古者非不知繁升降槃還之禮也蹀采齊肆夏之容也以爲曠日煩民而無所用故制禮足以佐實喻意而已矣古者非不能陳鐘鼓盛筦簫揚干戚奮羽旄以爲費財亂政制樂足以合歡宣

意而已喜不羨於音非不能竭國麋民虛府殫財含珠鱗施綸組節束追送死也以爲窮民絕業而無益於槁骨腐肉也故葬薶足以收斂蓋藏而已昔舜葬蒼梧市不變其肆禹葬會稽之山農不易其畒明乎死生之分通乎侈儉之適者也亂國則不然言與行相悖情與貌相反禮飾以煩樂優以淫崇死以害生久喪以招行是以風俗濁於世而誹譽萌於朝是故聖人廢而不用也義者循理而行宜也禮者體情制文者也義者宜也禮者體也昔有扈氏爲義而亡知

此正後世之禮義

此列聖因時適宜處

前所謂自見此復申之

義而不知宜也脩治禮而削知禮而不知體也有虞氏之祀其社用土祀中霤葬成畝其樂咸池承雲九韶其服尚黃夏后氏其社用松祀戶葬牆置翣其樂夏籥九成六佾六列六英其服尚青殷人之禮其社用石祀門葬樹松其樂大濩晨露其服尚白周人之禮其祀用栗祀竈葬樹柏其樂大武三象棘下其服尚赤禮樂相詭服制相反然而皆不失親疏之恩上下之倫今握一君之法籍以非傳代之俗譬由膠柱而調瑟也故明王制禮義而爲衣分節行而爲帶衣

足以覆形從典墳虛循撓便身體適行步不務於奇麗之容隅背之削帶足以結紐收衽束牢連固不亟於爲文句疏短之鞻故制禮義行至德而不拘於儒墨所謂明者非謂其見彼也自見而已所謂聰者非謂聞彼也自聞而已所謂達者非謂知彼也自知而已是故身者道之所托身得則道得矣道之得也以視則明以聽則聰以言則公以行則從故聖人財制物也猶工匠之斲削鑿柄也宰庖之切割分別也曲得其宜而不折傷拙工則不然大則塞而不入小則

禮義不若道德此處明明說出

窕而不周動於心枝於手而愈醜夫聖人之斲削物也剖之判之離之散之已淫已失復揆以一旣出其根復歸其門已雕已琢遂反於樸合而爲道德離而爲儀表其轉入玄冥其散應無形禮義節行又何以窮至治之本哉世之明事者多離道德之本曰禮義足以治天下此未可與言術也所謂禮義者五帝三王之法籍風俗一世之迹也譬若芻狗土龍之始成文以青黃絹以綺繡纏以朱絲尸祝袀袨大夫端冕以送迎之及其已用之後則壤土草劉而已夫有孰

聖人因時世爲禮義又言之

反覆辯論禮義不可擬

貴之故當舜之時有苗不服於是舜脩政偃兵執干戚而舞之旹天下大雨禹令民聚土積薪擇丘陵而處之武王伐紂載尸而行海內未定故不爲三年之喪始禹遭洪水之患陂塘之事故朝死而暮葬此皆聖人之所以應時耦變見形而施宜者也今之修干戚而笑钁插知三年非一日是從牛非馬以徵笑羽也以此應化無以異於彈一絃而會棘下夫以一世之變欲以耦化應時譬猶冬被葛而夏被裘夫一儀不可以百發一衣不可以出歲儀必應乎高下衣必

不務道德而襲其文章制度何以異

適乎寒暑是故世異則事變時移則俗易故聖人論世而立法隨時而舉事尚古之王封於泰山禪於梁父七十餘聖法度不同非務相反也時世異也是故不法其已成之法而法其所以爲法所以爲法者與化推移者也夫能與化推移爲人者至貴在焉爾故狐梁之歌可隨也其所以歌者不可爲也聖人之法可觀也其所以作法不可原也辯士言可聽也其所以言不可形也淳均之劒不可愛也而歐冶之巧可貴也今夫王喬赤松子吹嘔呼吸吐故內新遺形去

智抱素反眞以遊玄眇上通雲天今欲學其道不得其養氣處神而放其一吐一吸時詘時伸其不能乘雲升假亦明矣五帝三王輕天下細萬物齊死生同變化抱大聖之心以鏡萬物之情上與神明爲友下與造化爲人今欲學其道不得其淸明玄聖而守其法籍憲令不能爲治亦明矣故曰得十利劒不若得歐冶之巧得百走馬不若得伯樂之數樸至大者無形狀道至眇者無度量故天之圓也不得規地之方也不得矩往古來今謂之宙四方上下謂之宇道在

彼皆有道存
況治天下乎

帝王治不同
而道則一因
革不計也

其間而莫知其所故其見不遠者不可與語大其智不閎者不可與論至昔者馮夷得道以潛大川鉗且得道以處崑崙扁鵲以治病造父以御馬羿以之射倕以之斲所爲者各異而所道者一也夫稟道以通物者無以相非也譬若同陂而漑田其受水均也而屠牛而烹其肉或以爲酸或以爲甘煎熬燎炙齊味萬方其本一牛之體伐楩柟豫樟而剖梨之或爲棺槨或爲柱梁披斷撥檖所用萬方然一木之樸也故百家之言指奏相反其合道一體也譬若絲竹金石

之會樂同也其曲家異而不失於體伯樂韓風秦牙管青所相各異其知馬一也故三皇五帝法籍殊方其得民心均也故湯入夏而用其法武王入殷而行其禮桀紂之所以亡而湯武之所以爲治故剞劂銷鋸陳非良工不能以制木鑪橐埵坊設非巧冶不能以冶金屠牛吐一朝解九牛而刀以剃毛庖丁用刀十九年而刀如新剖硎何則游乎衆虛之間若夫規矩鉤繩者此巧之具也而非所以巧也故瑟無絃雖師文不能以成曲徒絃則不能悲故絃悲之具也而

道德非粗迹亦猶此類

天下或有是禮義而非道德者

非所以爲悲也若夫工匠之爲連鐖運開陰閉眩錯入於冥冥之眇神調之極游乎心手衆虛之間而莫與物爲際者父不能以教子瞽師之放意相物寫神愈舞而形乎絃者兄不能以喻弟今夫爲平者準也爲直者繩也若夫不在於繩準之中可以平直者此不共之術也故叩宮而宮應彈角而角動此同音之相應也其於五音無所比而二十五絃皆應此不傳之道也故蕭條者形之君而寂漠者音之主也天下是非無所定世各是其所是而非其所非所謂是與

非各異皆自是而非人由此觀之事有合於己者而未始有是也有忤於心者而未始有非也故求是者非求道理也求合於己者也去非者非批邪施也去忤於心者也忤於我未必不合於人也合於我未必不非於俗也至是之是無非至非之非無是此眞是非也若夫是於此而非於彼非於此而是於彼者此之謂一是一非也此一是非隅曲也夫一是非宇宙也今吾欲擇是而居之擇非而去之不知世之所謂是非者不知孰是孰非老子曰治大國若烹小鮮爲

人見與自見不同

寛裕者曰勿數撓爲刻削者曰致其醎酸而已矣晉平公出言而不當師曠舉琴而撞之跌衽宮壁左右欲塗之平公曰舍之以此爲寡人失孔子聞之曰平公非不痛其體也欲來諫者也韓子聞之曰群臣失禮而弗誅是縱過也有以也夫平公之不霸也故賓有見人於宓子者賓出宓子曰子之賓獨有三過望我而笑是攓也談語而不稱師是返也交淺而言深是亂也賓曰望君而笑是公也談語而不稱師是通也交淺而言深是忠也故賓之容一體也或以爲君

張賓王曰精言

子或以爲小人所自視之異也故趣舍合即言忠而益親身疏即謀當而見疑親母爲其子治扢禿而血流至耳見者以爲其愛之至也使在於繼母則過者以爲嫉也事之情一也所從觀者異也從城上視牛如羊視羊如豕所居高也闚面於盤水則員於杯則隨面形不變其故有所員有所隨者所自闚之異也今吾雖欲正身而待物庸遽知世之所自窺我者乎若轉化而與世競走譬猶逃雨也無之而不濡常欲在於虛則有不能爲虛矣若夫不爲虛而自虛者此

不能見而狗見聞亦比類也

所慕而不能致也故通於道者如車軸不運於已而與轂致千里轉無窮之原也不通於道者若迷惑告以東西南北所居聆聆一曲而辟然忽不得復迷惑也故終身隸於人辟若俔之見風也無須臾之間定矣故聖人體道反性不化以待化則幾於免矣治世之體易守也其事易為也其禮易行也其責易償也是以人不兼官官不兼事士農工商鄉別州異是故農與農言力士與士言行工與工言巧商與商言數是以士無遺行農無廢功工無苦事商無折貨各安

只言各適其宜之意

其性不得相干故伊尹之興土功也修脛者使之踏钁强脊者使之負土眇者使之准傴者使之塗各有所宜而人性齊矣胡人便於馬越人便於舟異形殊類易事而悖失處而賤得勢而貴聖人總而用之其數一也夫先知遠見達視千里人才之隆也而治世不以責於民博聞強志口辯辭給人智之美也而明主不以求於下敖世輕物不汙於俗士之伉行也而治世不以為民化神機陰閉剞劂無迹人巧之妙也而治世不以為民業故萇弘師曠先知禍福言無遺

策而不可與衆同職也公孫龍折辯抗辭別同異離堅白不可與衆同道也北人無擇非舜而自投清泠之淵不可以爲世儀魯般墨子以木爲鳶而飛之三日不集而不可使爲工也故高不可及者不可以爲人量行不可逮者不可以爲國俗夫挈輕重不失銖兩聖人弗用而縣之乎銓衡視高下不差尺寸明主弗任而求之乎浣準何則人才不可專用而度量可世傳也故國治可與愚守也而軍制可與權用也夫待騕褭飛兎而駕之則世莫乘車待西施毛嬙而爲

道術可公行與度量之可傳一也

道德與禮義之實若日月室宅之居

配則終身不家矣然非待古之英俊而人自足者因所有而並用之夫騏驥千里一日而通駑馬十舍旬亦至之由是觀之人材不足專恃而道術可公行也亂世之法高爲量而罪不及重爲任而罰不勝危爲禁而誅不敢民困於三責則飾智而詐上犯邪而干免故雖峭法嚴刑不能禁其姦何者力不足也故諺曰鳥窮則噣獸窮則觸人窮則詐此之謂也道德之論譬猶日月也江南河北不能易其指馳騖千里不能易其處趨舍禮俗猶室宅之居也東家謂之西家

聖人盡道於己而聽之於時

此即上文論列聖之意

西家謂之東家雖皐陶爲之理不能定其處故趨舍同誹譽在俗意行鈞窮達在時湯武之累行積善可及也其遭桀紂之世天授也今有湯武之意而無桀紂之時而欲成霸王之業亦不幾矣昔武王執戈秉鉞以伐紂勝殷搢笏杖殳以臨朝武王旣沒殷民叛之周公踐東宮履乘石攝天子之位負扆而朝諸侯放蔡叔誅管叔克殷殘商祀文王於明堂七年而致政成王夫武王先武而後文非意變也以應時也周公放兄誅弟非不仁也以匡亂也故事周於世則功

成務合於時則名立昔齊桓公合諸侯以乘車退誅於國以斧鉞晉文公合諸侯以革車退行於國以禮義桓公前柔而後剛文公前剛而後柔然而令行乎天下權制諸侯均者審於勢之變也顔闔魯君欲相之而不肯使人以幣先焉鑿培而遁之爲天下顯武使遇商鞅申不害刑及三族又況身乎世多稱古之人而高其行並世有與同者而弗知貴也非才下也時弗宜也故六騏驥駟駃騠以濟江河不若窾木便者處世然也是故立功之人簡於行而謹於時今世

此皆廣譬上意

俗之人以功成爲賢以勝患爲智以遭難爲愚以死節爲戇吾以爲各致其所極而已王子比干非不知箕子被髮佯狂以免其身也然而樂直行盡忠以死節故不爲也伯夷叔齊非不能受祿任官以致其功也然而樂離世伉行以絕衆故不務也許由善卷非不能撫天下寧海內以德民也然而羞以物滑和故弗受也豫讓要離非不知樂家室安妻子以偷生也然而樂推誠行必以死王故不留也今從箕子視比干則愚矣從比干視箕子則卑矣從管晏視伯夷則

戇矣從伯夷視管晏則貪矣趨舍相非嗜欲相反而各樂其務將誰使正之曾子曰擊舟水中鳥聞之而高翔魚聞之而淵藏故所趨各異而皆得所便故惠子從車百乘以過孟諸莊子見之弃其餘魚鵜胡飲水數斗而不足鱓鮪入口若露而死智伯有三晉而欲不贍林類榮啟期衣若縣衰而意不慊由此觀之則趣行各異何以相非也夫重生者不以利害已立節者見難不苟免貪祿者見利不顧身而好名者非義不苟得此相爲論譬猶冰炭鈎繩也何時而合若

聖人治天下不屑屑拘是非之迹得中而已

以聖人爲之中則兼覆而幷之未有可是非者也夫
飛鳥主巢狐狸主穴巢者巢成而得棲焉穴者穴成
而得宿焉趍舍行義亦人之所棲宿也各樂其所安
致其所蹠謂之成人故以道論者總而齊之治國之

以下皆論上之爲治下之民俗反覆言之

道上無苛令官無煩治士無僞行工無淫巧其事經
而不擾其器完不飾亂世則不然爲行者相揭以高
爲禮者相矜以僞車輿極於雕琢器用逐於刻鏤求
貨者爭難得以爲寶詆文者處煩撓以爲慧爭爲佹
辯久積而不訣無益於治工爲奇器歷歲而後成不

周於用故神農之法曰丈夫丁壯而不耕天下有受
其饑者婦人當年而不織天下有受其寒者故身自

此皆以道爲治者

耕妻親織以爲天下先其導民也不貴難得之貨不
器無用之物是故其耕不强者無以養生其織不强
者無以揜形有餘不足各歸其身衣食饒溢姦邪不
生安樂無事而天下均平故孔丘曾參無所施其善
孟賁成荆無所行其威衰世之俗以其知巧詐僞飾
衆無用貴遠方之貨珍難得之財不積於養生之具
澆天下之淳析天下之樸牿服馬牛以爲牢滑亂萬

不務本而務
末無益於治

民以清爲濁性命飛揚皆亂以營貞信漫瀾人失其情性於是乃有翡翠犀象黼黻文章以亂其目芻豢黍梁荆吳芬馨以噬其口鍾鼓管簫絲竹金石以淫其耳趨舍行義禮節謗議以營其心於是百姓糜沸豪亂暮行逐利煩挐澆淺法與義相非行與利相反雖十管仲弗能治也且富人則車輿衣纂錦馬飾傳旄象帷幕茵席綺繡條組青黃相錯不可爲象貧人則夏被褐帶索唅菽飲水以充腸以支暑熱冬則羊裘解札短褐不掩形而煬竈口故其爲編戶齊民無

以異然貧富之相去也猶人君與僕虜不足以論之夫乘奇技僞邪施者自足乎一世之間守正修理不苟得者不免乎饑寒之患而欲民之去末反本由是發其原而壅其流也夫雕琢刻鏤傷農事者也錦繡纂組害女工者也農事廢女工傷則饑之本而寒之原也夫饑寒並至能不犯法干誅者古今之未聞也故仕鄙在時不在行利害在命不在智夫敗軍之卒勇武遁逃將不能止也勝軍之陳怯者死行懼不能走也故江河決沉一鄉父子兄弟相遺而走爭升陵

此民自然之性宜順而治之

又以治亂結出本旨

阪上高丘。輕足先升。不能相顧也。世樂志平。見鄰國之人溺。尚猶哀之。又况親戚乎。故身安則恩及鄰國。志爲之滅。身危則忘其親戚。而人不能解也。游者不能拯溺。手足有所急也。灼者不能救火。身體有所痛也。夫民有餘即讓。不足則爭。讓則禮義生。爭則暴亂起。扣門求水。莫弗與者。所饒足也。林中不賣薪。湖上不鬻魚。所有餘也。故物豐則欲省。求贍則爭止。秦王之時。或人葅子。利不足也。劉氏持政。獨夫收孤。財有餘也。故世治則小人守政。而利不能誘也。世亂則君子爲姦。而法弗能禁也。

張賓王曰此篇最爲肴複細尋之亦自有條緒齊材長短齊論是非齊世汚隆然要歸虛一以不齊齊之而總於道文特博贍